AF332844

LES MONUMENS PUBLICS.

POËME.

par l'abbé Hyacinthe Du Laurent.

A MONSEIGNEUR
LE DAUPHIN.

Auguste rejetton d'une tige féconde,\
Qui donne à nos climats les plus grands Rois du monde ;\
Souffre qu'à tes regards j'offre ces monumens,\
Que la sagesse éleve, & que détruit le tems ;\
Restes bien précieux des rares avantages,\
Dont la terre a joui dans le cours des beaux âges.\
Il est des monumens encor plus glorieux ;\
Le Ciel les éleva dans ton cœur vertueux.\
A la Religion dès l'enfance fidéle,\
Ton ame eut des vertus, que mérita ton zéle ;\
Et leur essain nombreux croissant avec les ans,\
A comblé les desseins des Fénelons du tems.\
Le Ciel sur tes vertus réglant ta destinée,\
Préparoit à ton cœur un auguste Hyménée :\
Il préside aux doux nœuds de cet Hymen charmant,\
Que la tendresse avoue autant que le serment.\
Par un heureux présage il fait briller l'aurore\
Du beau jour que bientôt il devoit faire éclore ;\
Et couronnant enfin tes desirs & nos vœux,\
Il accorde à la France un Roi pour nos neveux.

Les jeux avec les ris depuis cet heureux gage,
Sembloient d'un long bonheur nous assurer l'usage ;
Le plaisir en notre ame & s'éleve & s'accroît.
Mais du bonheur humain que le cercle est étroit !
J'apperçois les Français plongés dans les allarmes,
Et trop épouvantés pour répandre des larmes :
Je frémis avec eux de ce soufle infecté,
Qui vient souiller un sang, qu'il avoit respecté.
Mais le Dieu qui t'afflige, est un Dieu qui t'éprouve ;
Il veille ; & dans le calme enfin tout se retrouve.
Maître de la nature, il l'a fait obéir,
Et fixe au sang un cours qu'il n'osera trahir :
Il te rend aux vertus d'une Epouse chérie,
Qui, pour sauver tes jours, a méprisé sa vie ;
Et par un même sort, dans le cœur des Français,
Au trouble le plus grand fait succéder la paix.

LES MONUMENS PUBLICS.

POÉME.

MUSES qui préfidez aux plus nobles accens,
Ranimez en ce jour mes fons trop languiffans ;
Célébrez par ma voix ces monumens auguftes,
Qu'élevent à nos yeux des mains fages & juftes,
Témoins de la grandeur des peuples & des Rois.
Et vous, vils monumens, qu'étale en mille endroits
Ou le farouche orgueil, ou la folie altiere,
Tombez, difparoiffez, rentrez dans la pouffiere.

Vos énormes fardeaux sur la terre apperçus,
Qu'offrent-ils en effet à nos regards déçus ?
Le triomphe éclatant d'inutiles caprices,
Et peut-être celui des plus horribles vices ;
Trop funestes tableaux des malheurs redoublés,
Dont le poids fit gémir des peuples accablés.
Je laisse à des pinceaux plus féconds en prodiges,
Le soin ingénieux d'embellir ces prestiges.
Moins pompeux, & plus vrai, par des accens flatteurs
Je n'encenserai pas ces marbres imposteurs,
Placés par l'arrogance, ou par la main des crimes.
A l'essor des vertus je consacre mes rimes ;
Paroissez, monumens, objets majestueux
Du bien de la patrie, & du respect des Dieux.
    Qui frappe mes regards ? Ah quel superbe temple ! [1]
Avec étonnement l'univers le contemple.
Merveille de l'Asie, & des plus beaux talens,
Le feu dévorera jusqu'à tes fondemens.
D'un scélérat fameux la sombre frénésie,
Pour s'immortaliser, hélas, te sacrifie :
Arrête, malheureux, arrête, que fais-tu ?
Eteins tes noirs flambeaux au sein de la vertu,
Il est sourd à ma voix, ô ciel, lance ta foudre,
Il en est tems encor, réduis, réduis en poudre

---

[1] Le Temple d'Ephèse.

Ce sacrilége bras levé pour t'outrager.
Mais envain je l'implore en cet affreux danger ;
Et la flâme à la main un fougueux téméraire....
Tout le temple n'est plus qu'une vapeur légère :
La perte de tes murs par les arts embellis,
A toute la nature arrachera des cris.
    Quel est cet édifice [1] offert par la victoire
A ce Dieu qui préside au Temple de Mémoire ?
La matiere & l'ouvrage à l'envi l'ont orné ;
D'un char étincelant le faîte est couronné,
Et le Soleil assis sur ce glorieux Thrône [2],
Charme les Spectateurs, que sa lumiere étonne.
De célèbres mortels revivent dans ces lieux ;
Et de l'esprit humain les monumens nombreux,
Dont ce vaste édifice a décoré ses voûtes,
A de nouveaux thrésors vont nous ouvrir des routes.
Du séjour d'Apollon, malheureux habitans [3],
Ce Dieu devient l'ami de vos fiers Conquérans ;
Et sensible aux autels que lui dresse un grand homme,
Il se fait citoyen & protecteur de Rome.

---

1 Le Temple d'Apollon bâti à Rome par Auguste après la victoire d'Actium. Il y fit construire un spacieux Portique pour une Bibliothèque Greeque & Latine. Les Poëtes attachoient leurs ouvrages dans ce Temple après les avoir fait approuver du Public. Properce en fait la description dans la XXXIe Elégie du Liv. 2.

2   Auro Solis erat supra fastigia currus.
                    Propert. *Eleg. 31. Liv.* 2.

3 Les Grecs.

Pégafe, les neuf Sœurs, & le double vallon
Paſſent dans ces beaux lieux que protege Apollon :
La Phocide eſt déſerte, & ce Dieu même entraîne
Dans le Tibre orgueilleux les eaux de l'Hippocréne.
Romains par ce grand art, des Muſes emprunté ;
Inſtruiſez l'univers que vous avez dompté.

    Peuples accourez tous à ce ſacré Portique [1],
Dans Solyme élevé par un Roi pacifique.
Quelle richeſſe immenſe, & quel jour radieux
Frappent dans le Lieu Saint mes trop débiles yeux !
L'encens brûle aux autels par la main des Lévites,
Et l'on ſert le vrai Dieu chez les Iſraelites.
Grand Roi, qui dédaignés d'affronter les hazards ;
Tu te plûs à former & protéger les Arts :
Tu fis régner la paix, l'équité, l'abondance ;
Saba vint rendre hommage à ta magnificence ;
Et mépriſant ainſi les belliqueux exploits,
Tu méritas le nom du plus ſage des Rois.

    Un Meſſie annoncé par des voix prophétiques ;
Nous ouvrira bientôt de vaſtes Baſiliques :
Tombez, tombez, Chrétiens, aux pieds de vos autels ;
Un Dieu deſcend chez vous à la voix des mortels,
Révélez ſa Loi ſainte, & portez la lumiere,
Où le Soleil commence & finit ſa carriere.

---

[1] Le Temple de Salomon.

Briſez

Brifez , brifez ces Dieux follement invoqués ,
Plus foibles que les mains qui les ont fabriqués :
Réuniffez au joug d'une loi falutaire
Ces peuples adoffés aux confins de la terre.
Dénouez de l'erreur les malheureux liens ,
Et répandez par tout des monumens chrétiens.

    Princes & citoyens , embelliffez vos villes
Par le concours des arts , par des travaux utiles :
Redoutez de l'oubli l'indigne obfcurité ,
Et tranfmettez vos noms à la poftérité.
Le ciel qui nous donna les arts & l'induftrie ,
Ne défend pas les foins qu'on doit à fa patrie :
Ces utiles travaux , & ces foins généreux
Confacrent les vertus & les talens heureux.

    Telle autrefois l'Egypte en miracles féconde ,
Devint bientôt l'école , & l'ornement du monde.
Un Phare ici s'éleve , & brife les complots
De la fureur des vents , des écueils & des flots :
Là fortent des Palais , plus loin les yeux avides
Contemplent la hauteur de larges Pyramides ;
Et l'on voit ces grands corps , édifices fçavans , [1]
Fixer l'état du Ciel , de la terre , & du tems.

---

[1] M. de Chazelles étant en Egypte mefura les Pyramides , & trouva que les quatre côtés de la plus grande étoient expofés précifément aux quatre Régions du Monde. Or comme cette expofition fi jufte doit , felon toutes les apparences pof-fibles , avoir été affecté par ceux qui éleverent cette grande maffe de pierres , il y

B

A l'Egypte ſçavante Athene rend hommage,
Et la Gréce auſſitôt perce l'épais nuage,
Qui couvroit ſes climats d'une profonde nuit ;
Le jour ſuccede enfin à l'ombre qui s'enfuit :
Ces bords ſont animés d'une nouvelle vie ;
La matiere a perdu ſa peſante inertie ;
Tout reſpire ; & la toile, & le marbre, & l'airain,
Sous les doigts de l'Artiſte ont changé de deſtin.
A ſes riches vaiſſeaux Athene ouvre un Pyrée ;
Spectacle auſſi pompeux, que retraite aſſurée :
Un Sénat [1] qui jadis avoit jugé des Dieux, [2]
Prononce ſes Arrêts ſous des toîts précieux.
La patrie attentive aux citoyens utiles,
Aſſigne à leurs vertus de glorieux aziles : [3]
Elle anime, & chérit les vertueux travaux ;
Heureux ſi l'univers lui donnoit des rivaux.

A d'effrénés ſoldats la Gréce enfin ouverte,
Prévit ſon triſte ſort ; & ſoupira ſa perte :
Trop foible, elle plia ſous un joug déteſté ;
Et perdit tous les arts avec la liberté.

---

a plus de trois mille ans, il s'enſuit que pendant un ſi long eſpace de tems-rien n'a changé dans le Ciel à cet égard, ou, ce qui revient au même, dans les Poles de la Terre ni dans les Méridiens.

Fonten. Eloge de M. de Chazelles.

1. L'Aréopage.
2. Neptune & Mars.
3. La Prytanée.

Minerve fugitive aborde en Italie :
Par ses dons enchanteurs cette rive ennoblie,
N'offrit de toutes parts qu'illustres monumens ;
Le Tibre fut bordé de pompeux bâtimens,
Et l'orgueilleuse Rome effaça par ses charmes
L'éclat du monde entier subjugué par ses armes.

Le Dieu qui créa l'homme, & qui tient en ses mains,
Des peuples & des Rois les fragiles destins,
Transporta les talens sur les bords de la Seine :
O Rome, ton éclat n'est plus qu'une ombre vaine.
Mais interromps le cours de tes justes douleurs ;
Tu verras les Français réparer tes malheurs.

Le Français né guerrier, emporté par la gloire,
Qu'assurent aux Héros Bellone & la Victoire,
Ne respirant que Mars, & ses nobles ardeurs,
Dédaignoit follement Minerve & les neuf Sœurs.
Il porta la terreur au sein de l'Ausonie,
Et soupçonna le goût des arts & du génie.
Le ciseau fut touché, l'équerre, & le pinceau ;
Mais l'art chez nos ayeux fut longtems au berceau :
Enfin il s'échappa d'une trop longue enfance,
Et versa ses faveurs dans le sein de la France.

Délicieux séjour des graces & des ris,
Tu charmes nos regards, & confonds nos esprits :
Les arts imitateurs des traits de la nature,
Vont porter leur tribut à ton architecture ;

Et noblement grouppés fur des fonds éclatans,
Semblent ne redouter ni le fort ni le tems.
Je les vois s'applaudir, & triompher enfemble
Au milieu de ces murs [1] où le goût les raffemble;
Sous ces lambris dorés tout fixe mes regards,
Et le Palais des Rois eft le Temple des Arts.

 Mais un nouveau prodige à mes yeux fe découvre:
Quel mortel, ou quel Dieu deffina de ce Louvre
Le merveilleux contour, qui rend tout à la fois
La grandeur du génie, & la grandeur des Rois?
Le féjour des talens [2] te donne un nouveau luftre:
Tu reçus ce bienfait du Roi le plus illuftre,
Toujours cher à nos cœurs, ainfi qu'à nos regrets,
De ce Roi couronné par Mars & par la paix;
Qui toujours careffant la gloire & le génie,
Conftruifit un trophée à la docte Uranie; [3]
De ce Roi qui fixa dans des murs fomptueux, [4]
Du foldat indompté les reftes glorieux.

 Et toi, de ce beau fang digne & précieux gage,
Toi, dont les bataillons contemploient le courage,
Lorfqu'aux champs de Bellone, ainfi qu'un fier lion,
Tu terraffois l'orgueil des enfans d'Albion;

---

1. Verfailles.
2. Les différentes Académies qui fe tiennent au Louvre.
3. L'Obfervatoire.
4. L'Hôtel des Invalides.

Dans les fils des guerriers fais germer la vaillance ;
Pourfuis tes hauts deffeins , [1] & l'on verra la France
Te devoir d'âge en âge un peuple de héros ,
Qu'auroit cachés le fort dans l'ombre du repos.

Pour une tendre fleur, qui n'eft qu'à fon aurore ,
Souffre que plein d'efpoir, aujourd'hui je t'implore :
Ce jeune rejetton , objet de mon amour ,
D'un pere qui m'eft cher , reçut auffi le jour.
Grand Roi , dont les bienfaits embelliront l'hiftoire ,
Daigne l'affocier au berceau de la gloire.
Le zéle & le devoir par de juftes efforts ,
Sçauront de fon enfance animer les refforts.
Sous les yeux d'un Miniftre habile autant que fage ,
Il fera des vertus le noble apprentiffage ,
Et s'inftruira fans ceffe en cet augufte lieu ,
A bien fervir fon Roi , fa patrie , & fon Dieu.

---

1 L'établiffement de l'Ecole Royale Militaire.

Lû & approuvé. Ce 5 Février 1753.

CRÉBILLON.

Vû l'Approbation. Permis d'imprimer, à la charge d'enregistrement à la Chambre Syndicale. Ce 5. Février 1753.

Signé, BERRYER.

Registré sur le Livre de la Communauté des Libraires & Imprimeurs de Paris N°. 3570. conformément aux Réglemens, & notamment à l'Arrêt du Conseil du 10 Juillet 1745. A Paris, ce 13 Mars 1753.

HERISSANT, Adjoint.

De l'Imprimerie de C. F. SIMON, Imprimeur de la Reine, & de l'Archevêché, ruë des Mathurins. 1753.